Dieter M. Gräf
BUCH VIER

Gedichte

FRANKFURTER VERLAGSANSTALT

die
Hässlichkeit
der magischen Pilze
im Kühlschrank, die

Schönheit
der mit dem Stifterblut
gesprenkelten Welt – –

DAMIT ICH AUFBRICHT

ziehen ihre Bauch
muskeln so heftig

zusammen *O nimmt*
mich, nimmt mich mit

dass ihre Körper
wand *in die Reihen*

auf, damit ich aufbricht

und die Sekrete (zwei
riesige Drüsen verlaufen

einst
nicht sterbe
gemeinen Tods! Umsonst

von der Basis der Kiefer
bis zum hinteren Körper

ende) *sterben lieb' ich nicht,*
doch lieb' ich zu fallen

auf den Feind gespritzt
werden *am Opferhügel*

fürs Vaterland, zu bluten – –

I TAIFUNHIMMEL

TAIFUN

himmel, Rollerschwärme, zurück

ins Vereinigungshotel, sein
wachgerufener Name um vier *(szu)*:

die im Aufzug fehlende Zahl
ist der Tod in der Koloratur

der geliebten Frau nebenan,
und am Morgen: die fließende

Straße, verschwindet, Schlamm
brühe mit treibender Tonne,

auf der ein Junge sitzt. Ein
äugig wir, zu den Bildschirmen

hin, aus denen mehr und
mehr Wasser kommt, Tod *(szu)*.

Am Vortag standen Bild
schirme am Teich, Karaoke

ecken. In herbeizitierter Landschaft
eine neue eröffnen, zum Singen,

während die Instrumente
in den Boxen bleiben,

oder man installiert einen Wasser
fall mit glücksverheißenden Tempel

karpfen. Schwimmen davon, nun.

DRACHE DER SPIEGEL

Drache der Spiegelung
im Büro
komplex, auf Riesen

fotovorbau vorm Drachen

bergtempel, mit ehe
maligen Wolken
unter dahin

ziehenden, daneben der

Drache der Plastik,
nicht die flehende Zwiesprache
der Gläubigen, ihr

dabei selten piepsendes Handy

N. ÜBERQUERT DIE ALPEN, TAIPEH

naturbelassene Hose des
Eroberers der ausländischen

Welt, Rasiermesser, Schach
figuren, mit denen er auf

St. Helena noch spielte,
nun auf diese Insel gesperrt.

Sein chinesengroßes Feld
bett. Vergrößerung: dann,

ein Nebenflügel, auf Stoff
blumen erscheinende eigene

Geschichte, Minischrift
zeichen auf Eierschalen

stele im Schaukasten mit
Lupeneinsatz, oder, in der

Eingangshalle, der Kaiser
bezwinger als Bronzekoloss.

Der Starre steife Pausen, wenn
ein Bediensteter der Ehren

wache den Nacken massiert,
kann sich entpuppen,

bevor sie, mit versetzten
Schritten, abgelöst wird.

Im Freien, am Teich,
bewegt womöglich ein

Baum das Chi eines
Mannes, der übt: seine

Alpen überqueren, und
dabei hineinbröckeln.

TAIPEH CNN

WTC mit dem linken Auge wie es zum sogenannten WTC wird
Taifun lokale Wirklichkeit rechtes Auge (Bildschirm 2)

Kopfwendung hin zur Wirklichkeit Wirklichkeit
hier eine erdrehte Straße | keine mehr
Dreckwasser mit Menschen drin | steigt an
das Feuer auf Bildschirm 1 die weiß auf uns Zulaufenden

das vom sicher verbarrikadierten Hotelhochhaus aus
an das in der Nacht der Taifun *haucht*
in die Morgenzeitung eingewickelte Tote | Poesie

HUBSCHRAUBER VOR

der Bedeutung, über
ihr herumkreisend,
fliegt dann weiter:

am Lüftungsschacht
im Taxi zum Ver
einigungshotel, CNN-

Bar, ein Miniaturkampf
hubschrauber, sein
klimatisierender Pro

peller; darüber der
Fahrerin Zierschuh,
blautransparent, *yin*-

Kitsch – während
das Echte vorbereitet
wird, unterm Schirm,

mit dem man hier
der Sonne entgegnet.

(Taipeh, September 2001)

II MARTIRI OSCURI

1

Nanou-aus
-dem-Frühjahr, ich

möchte heißen SEBASTIAN SEIN

CALLE CORNER, VENEDIG. LOST

die vom Barmann gerollte
Pappe: erjault die ab
treibenden Kinderseelen,

Venedig in eine weitere Nacht.
Allein, im schwächelnden Bett
der Foresteria mit Luke, hinter

der's Wasser schmatzt, klatscht,
sich ranwirft und reingeht
im Klang: Metall der Motor

boote; Klavier, ein neuer
Tag. Seine Hochwassersirene,
seine die mannsbreite Gasse

herunterhängenden Müllbeutel,
giacomettihaft hoch, ihre
zwei 90-Grad-Knicke, ihr Hammer-

und-Sichelgeheimnis, in das
man sich verlieben kann,
in eine Bar, den Untergang,

in die Schrittlinien derer, die
sich auskennen am Campo
San Tomà, in die Legatoria,

diese Sprache, in der Nanou
nun vögelt, in den Frevel,
sie nicht zu verstehen, ins Weiß

der Unterseite von Flügeln;
das wilde Taubenhundert um
den alten Mann, der sie füttert,

als wären sie sanft wie
der Löwe, wie Sebastian,
von Pfeilen durchbohrt,

die das Quattrocento uns schenkt.
Dann Tintorettos Licht-aus-
Taube (und sonst?); der Hand

werker in der Waagrechten
unterm Kreuz (Anonimo veneto).
Das Rascheln der Müll

tüten an den Füßen bei Hoch
wasser; die Gestiefelten und die
Barfüßigen in den November

hinein. Biberstadt; die Nono
stadt sinkt nicht, sie singt.
Die operierenden Arbeiter

der Giudeccaseite. Im Internet
point Waschmaschinen,
Gerahmtes: die Wasserkunst;

Wäsche, auf Pinienhöhe
gehängt. Riesen
spielzeug, das herumsteht

als Bagger. Kleinster
ausrangierter Fernseher
an der roten Uferbank, Holz

schwanzpfahl und sich auf
türmende Abfallcontainer,
ihre Zweige und Teppiche

zum Dogen hin, *La Beltà*.
Drüben: durchgegondelte
Japaner, angefeuchtete

Marmorteppiche der Markus
basilika. Feucht werdender
gesternter Dodekaeder,

von Rankenwerk umgeben,
löse uns aus der Erstarrung,
auch du, südliches Querschiff,

deine nassen Polyeder,
Pyramiden, Parallelepipeden,
der sich freischwimmende

große Lapislazuli in der Mitte;
den irgendwann modrig werdenden
Bändern aus Blumenranken

und vierblättrigen Blüten da
unten wären wir anzuvertrauen.
Wegflutende Einlegearbeiten sein,

wie grüner und roter Porphyr,
griechischer Serpentin, farbige
Brekzie, auch in unserem Marmor

diese fein gezeichneten Zwischen
räume mit Greifvögeln, die auffliegen,
schweifende Adler, Rhinozerosse,

ihr Thronen im Schlamm.
Begegnung mit einer Verrückten,
denn sie lehnt ihren Kopf

an meine Schulter, und wir
halten unsere Hand, bis sie auf
steht und die Hose herunter

lässt am Dogenpalast. Stege,
aufgestellt für Normale, die
auf Umwegen übers Wasser

gehen, was man sonst auch
macht, hirneigenes
Stegeprogramm. In einem

Traghetto vom Wirklichen
ins Unwirkliche übersetzen
– die Nächte mit Nanou

werden unwirklich werden –,
aber auf der Überfahrt und
auf den Irrwegen der Gassen,

die uns plötzlich in die Weite
der Plätze hin weiß machen,
die uns löschen: Serenissima,

unmögliche Möglichkeit, hier
ist keine Gegenwart hier
ist keine Vergangenheit hier

ist keine Zukunft hier ist alles
Barmherzigkeit, mit den Brüsten
des B, sie schwebt über dem

Wasser, bin Sebastian, flöte
nun mit alten Wörtern zurück,
verhöhnt-verwöhnt von den netten

Monstern der materialistischen
Zeit, den Großärschen, Häppchen
blühern, dem Geschickten und

der Flinken. Erbarmen mit allem,
Vergebung. Und wo es nichts
zu vergeben gibt, das. Im Vaporetto

des Vergebens oder Vergehens
hinaus, aus dem *Paradiso perduto*
hinaus – aß die breiten Spaghetti,

sie trieften vor Schwärze –, hin
zu den Wächtern hinter den Palästen,
Erscheinungen meiner abtreibenden

Kinderseele, zum Rohrsänger,
dem kleinen Knutt, der
Wasserralle, dem Fischreiher,

dem Kormoran, hin zur Bart
meise und zum Löffler
mit dem langen platten Schnabel.

Von hier aus grüße ich dich, und sie.

(Brief an Iris Becher)

2

DER POCKENNARBIGE TÖTET W.

„Der Tod schafft sogleich eine Synthese des abgelaufenen Lebens,
und das Licht, das er auf dieses Leben zurückwirft,
beleuchtet die wesentlichen Momente und macht
aus diesen mythische oder moralische Akte außerhalb der Zeit."
P. P. P.

vollendet ihn, denn
Schönheit sei räudig.

Ihre Linie teile
sich, werde Strick,

schmuck um den Hals
von jedem: Vene

zianisches Messer,
blitzt auf, wie Denk

münzen, die zurück
bleiben am Ort

der Verbrechen. Sonne

auf Signor Giovanni,
auf *große Sprünge*
über viel leere Plätze,

sie falle

auf seines Mörders
Kadaver, geflochten

vorm Stadttor ans Rad.

(Für Kerstin Wagenschwanz)

AUCH ICH VOR GRAMSCIS ASCHE

auch ich vor Gramscis Asche
- in einem Hemd von Emilio Pucci
- mit meinem gegessenen Raben,

der spricht aus dem Bauch
: wer ist denn der, der daneben liegt,
  nicht gar so am Rand?

- *He hath made anything*
  beautiful in its time.

Den kennt aber keiner mehr, Rabe.

Der liegt aber daneben, Scrittore.

(Für Robert Mungo Forrest, 1888-1948)

IDROSCALO. OSTIA

die Schlitzseite schon weg
geyachtet: Mall,

über der der Hamburger
steht. Hier
blutet das Ketchup.

Noch unbehelligtes
Zitat einer Nische mit
blauer Madonna,

ihr dürrer Ständer
kaktus, davor; dann

doch herunter
gelassene Hose der Land
schaft, beim auf

gelösten Fuß

ballfeld, hinter dem
auch der Tiber – –

(Für Benoît Gréan)

IDROSCALO II

es gibt nichts technisch
  Heiligeres als den langsamen
Panoramaschwenk es lebe die Armut es lebe
  der kommunistische Kampf für die
lebensnotwendigen Dinge

eingesickert in die aus
einandergerissene Gegend,

als Gift, das die Neue
Konsumierende Schicht
wie entweichende Luft

ballonhühner umhertreibt,
auf seinen Vorplatz, mehr!

Weniger werden hin
gegen im Hinterland;

mächtig fallende Schatten
der Gegenstände, die herum
liegen in gedehnter Pracht;

der königlich arm
selige Stein, kommt
in ein Haus, an einen

Kopf, bleibt, was er ist.

REIFEN, FROSCH, CHIATURM

seine Attribute seien: Reifen,
Frosch, Chiaturm. Latte

mit den rostigen Nägeln,
der nach ihm
aus der Schulter gefilmte

ewige Bolzplatz,
seine Hirnmasse,
das weiße Laken,

wie es die Mutter glattstreicht,
sein keuscher Schlummer,
der malträtierte Körper davor.

Herumliegende rote Fahne
des in sie eingewickelten Raben,

man möge sie hissen
und sehen: ihn, einen Vogel,
einen Hammer, Stern, uns

endlich wieder, und das Weiß
sein von allem und allen.

MARIA

den Sohn entkommen
lassen. Ihr inneres

Kratzen
an seinen Räumen.
Weh

mütiges Froh
locken, dass diese
Tür sich nie

mehr öffnen wird,
hinter der

er stirbt, gewiss – –

DIE BRUSTWARZEN DER HEILIGEN

Elisabeth wurden abgeschnitten
von Verehrern ihrer Keuschheit.

        Schutzheilige
    der ..., so

weit ist der Mantel

           offen

DAS KLINGEN DER SCHÜSSE AM COMER SEE

es regnet, oder die Sonne scheint.

Durch diese Marienluft
ihren Weg hoch zur Sichtbar

keit der Kapelle. Drala

des Astes, von irgendjemand

an den Rasttisch getupft;
ein unten am See schwebendes

Glockenspiel halber
Stunden, in das
Bergziegenglöckchen ein

fallen, Schüsse,

hier klingen sie
nach, denn alle
sind gerettet, die – –

– – jemand küsst und jemand tötet;

der Glorienschein um die Taube,
die der Fledermaus gleicht
auf dem Bildstock, darauf Gott

heiten, Eidechsen, älter
als der Menschensohn,
zuckend vor Leben.

FELTRINELLI SCHENKT ZUR HOCHZEIT
EINEN ASCHENBECHER

„und scheitern, ja, das bringts in diesem leben"
Th. Kling, *Leopardi: L'Infinito / Das Unendliche*

einen so großorange tischfüllenden Aschenbecher
  schenkt Giangiacomo Feltrinelli zur Hochzeit
  von Renate und Walter Höllerer, als wollten sich
  alle darin ausdrücken, Asche im Design sein:
  hier sind die Toten, noch bevor die Schüsse fallen.
  *Auf einem der schönen Sessel liegt, achtlos
  hingeworfen, der Gurt mit der daran angehängten
  riesigen Pistole.* Nun in Havanna, *in einer
  kleinen Wohnung von siebzig, achtzig Quadrat
  metern,* sie gehört Fidel Castro. Quasselt
  wie ein Buch, so dass es nie zustande kommt, und
  Inge, nunmehr *la Feltrinelli,* fotografiert ihn
  im Pyjama, den er bestimmt heute noch gern trägt.
  Giangiacomo trug zwei Häute und sah seltsam
  aus, als es ihm endlich gelungen war, sie loszuwerden.
  Lief dann über Wiesen, die Zähne verkamen ihm,
  getrocknete Hülsenfrüchte machte er nutzbar, indem
  er zeigte, dass sie ihr Volumen in Wasser
  vergrößern, so dass ein Metallplättchen nach oben
  gedrückt werden kann, einen Zündmechanismus
  auslösend; mische chlorsaure Kaliumtabletten aus
  der Apotheke und Puderzucker oder flüssiges
  Paraffin und Sägemehl, kombiniert mit Schnitzeln
  von Waschseife. Der Verlag war fauve geworden,
  kadmiumgelb, dunkelgrün, signalrot. Er grub sich
  allmählich weg, noch konnte man ihn an
  nikotinfarbenen Fingern erkennen, den Geldspritzen,
  doch ist es gemein, zu sagen, dass das Grundstück
  ihm gehört habe, auf dem er einen Hochspannungsmast
  sprengen wollte und selbst in die Luft flog.

Es ist nicht leicht, nach unten zu kommen, und
nicht sinnlos, aber keiner sieht gut dabei aus.
Er griff zu Patronen, *verchromt und glänzend, die
Rundung von intensiv leuchtender Farbe. Ich
bat ihn darum, mir eine zu schenken* (Morucci).
 Der Aschenbecher befindet sich nach vierzig
Jahren noch immer in Berlin-Charlottenburg, in
der Heerstraße, nun auf dem Boden, wie ein
Hundenapf, der nie seinen Hund sah. Briefmarken
wurden hier abgelegt, Expressaufkleber, auch
das schöne Sachen, die bald keiner mehr braucht.

FELTRINELLIS ASCHENBECHER II

sich aus
        drücken in ein glänzen
                des Nichts;

in Autobahntunnel ein
tauchendes Haimaul,
noch immer am Steuer,

hin zu den alten Partisanen,
die Abendnachrichten über
                blenden – –

        *

Weizenfeld, auf dem sich der Strommast erhebt

ein als Wohnmobil ausgebauter grauer
VW-Bus mit Gardinen an den Fenstern

      nulla lucente

hintere Hosentasche, in ihr findet sich:
eine Zigarettenschachtel, eine einfache Hand*

* granate, gefüllt mit gepresstem – –

NANNI BALESTRINI: ASCHE- III

– in der Sektion *Martiri oscuri*

       – in einem Otterfellmantel
        von Veneziani

– gebettet in einen Sarg

aus sehr hellem Tannenholz
aus eigenen Wäldern,
                 im
letzten Augenblick
                 (aus der Sicht
                   der Hirten
                     taschen)
von der roten Fahne bedeckt:

O Botticino-Marmor der Familienkapelle!

       *

ein nach unten weisender
Blutspritzer auf hohen Eisen

streben, ein nach oben weisen
der auf dem Betonfundament

       *

*erschreckend hoch über ihnen segelten körper
segelten körper
lose
erschreckend hoch über ihnen segelten körper*

lose schwarze vögel – –

RÖMISCH

tauften ihn Marzio, nannten ihn Mowgli

*

das kleinstmögliche rot

verglitzerte Weihnachtsbäumchen
am Dolmengrab von Palmiro T.

das

*

Blut einer toten
Taube in Cinecittàkulissen;
beim Pappmaché, bei Rom-in-Rom

CONTRO *CONTRO*

Contro *Contro Venezia passatista* –

hier scheint der Mond, so
dass es nie
den Mondschein gab.
                       Nach
wie vor
fragt ein englischer Maler
nach dem Weg zur Accademia,
                                 ist
kein Engländer mehr, kann immer
noch nicht Italienisch,
                        kein Maler,
ohne
Gestalt

ICH

    an der Küste auf

  gelöster Maler; zu

    nehmende Kontur sein

er Erscheinungen in

wankenden, strahlen

  den, auseinander

  klaffenden Kirchen - -

(in seinem hälftigen Damaskus ver
zückt auf dem Boden liegen,
aber unerhört auf das Pferd weisen)

PER! LA! PITTURA! PASSIVA!

– ein Abgleiten der Farbinseln

– das Durchwachsen
  dunkler Gründe

– ihr Fluglöcher aus
  denen Holzmehl rieselt,
                            und was
für ein kurviger Sprung

durch das Gesicht
von S. Giovanni Capistrano

                *

vor
gerade noch unsichtbaren Fresken
stehen;

etwas bedeuten
zwischen Blume und Wundmal

FRÜHLING: RUINE IM SOMMER

„Oder lief ich nicht weinend die lange Platanenallee
entlang, am Villengrundstück der Familie Mussolini, als die Busse
schon nicht mehr fuhren nachts, vorbei, aufgeregt, du habest mich
verlassen? Oder sitzt du wieder im Schatten nachts im
Liegestuhl und hörst den Pflanzen zu?"

R. D. B.

| |: die Nomentana ging von dir zu mir ...

    Wir fallen ab
        als Blüten*
            dauernd auf das Pflaster

... es war nicht weit   es dauerte nicht lang

ich fand dich   und verlor dich hier
ich will nicht sagen, dass wir beide stranden :| |

   * übers Eisengitter lungernde Bougainvilleen,
     heckender Jasmin, der uns von hinten – –

ÜBERGANGSÖL

der Massimozypressen, Gold

lackzapfen, ent
wickelten sich aus
dem Nimbus – ach
               eiropoietischer
Traum unter den Orangen
bäumen der
Farnesischen Gärten,

im licht
      gefluteten Ja
            nuar des Itus.

Ich muss nun ins pissige Köln.

Die Palmenjoints der ver
fallenden Ducevilla weiter

reichen, meine
storia, die schöne

Faschistin der Wahl
plakate eingehen lassen

in Trafohäuschen: Fetzchen
struktur. Ewig Einatmende,

so dass Oberflächen auf
springen, ockern, reißen:

aufgebende Aufgaben, sich
entmachtende Kontur, einer

Pittura passiva geopfert, die
das neue Jahrtausend empfängt

als Flächen, die uns spüren.
Das Zeitgenössische? Hat

stattgefunden Zu-keiner-Zeit
und ist im Mauerwerk enthalten.

*

Die Ausatmende – ihre Spatzen
fliegen aus der Vespa; ihre

Starenschwärme am Termini,
schon so weit entfernt. Noch

weiter, vorbei an Cäsaren-
als-Katzen, schauen aus

jener blinden Antike, die fast
im Lacus Curtius verschwand.

Ich muss nun aber wirklich – –

Beim aus
        allen Ritzen
                sprudelnden

Wasser Roms, fürwahr aus Silber,

                       dem lecken
     Brunnenschiff,
das nie

mals sinkt,
       bei der Dunkelstorange
kette des Nachtflugroms:

                 Fiumicino,
d. h. die Passkontrolle durchwaten.

INVENTUR

auf freiem Feld
ein Hochspannungsmast.
Hier thront

der blütenbäuchig weiße Vogel
Abbondanza,
der Lehrer Rabe Schatten

lobt immer noch die dunklen Läden,
wie sie sich öffnen, schließen:

Flügel, ohne wegzufliegen;
das Unterordnen, Aufbegehren.

*

Auf Irgendwohin
– das ist der Palast der Wege –
zwei Eidechsen:

eine, die
sich Brinkmann offenbarte,

eine, „wie gemalt",
biss zart in den Impudicus.

Arkadien: Reifen, brennen, Sonnenduft.

3

FIUME

Helden der Schönheit, Schläger,
Passatisten, sie alle stiegen aus
dem Fluss, in den Fluss, stählten sich, koksten sich hoch,
flogen so in den Tod und wieder zurück,
nach Fiume.
Es gab kein Brot mehr, aber irgendetwas,
was so hieß
und nach Schimmel roch.
Der Faschismus war blut
jung, kinder
krank, ardito-futuristisch, brutaloidealistisch.
War wachs
hart, roch auch nach Schimmel, nach Flamme und wert
losen Kronen, *Periferia con camion*, Gefahr, roch
nach dem Fieber D'Annunzios:

    12. 9. 1919, Sacra Entrata. *Dichter in Waffen,*
an der Spitze einer Kolonne gestohlener Last
    wagen; die 2500 patriotischen Deserteure
        des Comandante, *der*
  mit seiner Zauberflöte aus Proklamationen
        diese ganzen
          gewalt
   tätigen Analphabeten zähmt, diese
         Neger.
  Sie sind verzaubert von den bunten
        Glasbildern
mystischer, lateinischer Zitate – gleich proklamiert
        er Fiume
     italien vom Balkon
des Gouverneurspalastes; *Eia, Eia, Ailalà*,
  so der erlöste Ort, sein Chor, hungert

vergeistert, hängt
d'annunzianisch an den Lippen des Ein
äugigen: *die Stadt lebt
von Piraterie und Subventionen*.
Das Amt für Handstreiche wird eingerichtet,
gespeist wird mit schönen Worten
wie Usokken,
man verbeugt sich so
tief
vor der Antike
(Seeräuber!); *charisma
tische Wirtschaft*,
Blockadebedingungen, entwährt

                            verehrt man hier den Schein,
                                        Superuomo,
                              die *Wir betrachten uns
als zerstörende Salpetersäure*-Poesie;
abenteuerlichste Gestalten,
werfen abends
Handgranaten, tags
über
geben sie die Palastwache *La disperata*,
oder man sitzt unterm Feigenbaum:
Redaktionssitzung der Zeitschrift *Yoga*
(freie Liebe,
Abschaffung des Geldes,
Abschaffung von Gefängnissen,
Verschönerung der Städte und von allem).

Der da
ist Guido Keller, geborener
Baron Kellerer von Volkenkeller.
Aktionssekretär, Antipassatist,
futuristischer Yogi, Held des Faschismus.
Hippie
von rechts
in der Zeit vor den Polen,
meist in graue oder bunte Pyjamas gekleidet,
trug auf
dem dichten blau
schwarzen Haar einen Fez;
mit Freunden nachts
in Leintücher gewickelt auf dem Friedhof
liegen und schreien;
schwul,
badete und sonnte sich nackt
und verblüffte die Bauern stets.

Hier sind seine Haustiere:
Schlange,
Adler mit gestutzten Federn
(D'Annunzio ließ ihn entführen,
kleine Meinungsverschiedenheit).
Yoga, fand er heraus,
geht besser mit Kokain;
meditiert,
indem er stundenlang
seinem Adler in die Augen schaut,
nennt ihn Guido.
Dann kommt der einäugige Esel hinzu,
aus Dalmatien, von ihm zum dortigen

diplomatischen Vertreter ernannt
und zum Flug
hafen gebracht, Notlandung,
mal wieder,
bei der er's Auge verlor, genau wie *Il monocolo.*

Ob all das wahr ist, was
in so entlegenen Schriften steht?
Guido Keller nun im azur
blauen Rittermantel,
Immanuel Kant unterm Arm.
Futuristische Speisen, futuristisches
Flugtheater mit Abwurf
eines Nachttopfs überm Parlament,
sieben Rosen überm Quirinal (Königin),
eine weiße Rose überm Vatikan (Bruder Franziskus) –
Kinderkreuzzug, Gegenvölkerbund,
Raub der 46 königlichen Pferde?
Öffentliche Beichte: Kapuzinermönche
wollen heiraten; Dichter
kommandant bei den Pestkranken;
die 21 Kapitel
(teilbar durch vollkommene Zahlen)
der syndikalistischen Verfassung mit
der der Muse vorbehaltnen zehnten Korporation?
So wahr wie Geschichte
und jede Geschichte,
die treulich unterschlägt, was gerade un

sichtbar scheint. 1920, Natale di sangue.
Wir kommen zum Ende
und sehen
noch

einmal
Guido Keller, als mittel
alterlichen Ritter verkleidet, mit Schwert
oder Bambusstock, im Bruderkampf
gegen die anrückende reguläre Armee.
Das dritte Pferd, ja,
Schimmel,
das man unter ihm zusammenschießt,
gehört dem Verkünder, D'Annunzio, der,
nachdem die Bombe ins Schlafzimmer geschlagen ist –
die unerlösten
Gebiete des Mare Nostrum werden erlöst,
indem das Kreuz, der Schatten,
den
ein Flugzeug auf die Erde wirft,
auf
sie fällt –, neroisch
am Fenster des Palastes Verse rezitiert, Verse, Verse.

Wer's anders mag:
Zang tumb tuuum (befreite
Worte der Avantgarde aus dem ersten Balkankrieg).

CLARETTA

ihr rosa Telefon mit der extra langen Leitung
auf dem Serviertisch, damit sie besser warten
kann auf ihn, oder, stundenlang, im Zodiakal

zimmer des Palazzo Venezia, bis er kommt, für
ein paar Minuten, Quickfick oder Geige spielen;
mit ihm Chopin hören, Gedichte lesen. Er, Sohn

eines Schmieds, gewaltsamster Leser Mörikes:
Ja, das ist alles, was uns bleibt, zu Rahn. Fand
ihn mit dem Band, leergeräumter Schreibtisch;

streute gerne deutsche Wörter ein, wenn er keine
Entsprechung finden mochte: *spurlos*, immer mehr
verschwanden so. Hat Klopstocks *Messias* über

setzt, Übung für ganz schwere Finger, hat die
Pontinischen Sümpfe trockengelegt, als ein
cholerischer Halbgott, bevor er der deutschen

Sprache gänzlich erlag. Sprach Deutsch, wenn er
mit Hitler konferierte, der sandte ihm in der Kiste
den Gesammelten Nietzsche, Goldschnitt, blaues

Saffianleder: all sein Hab und Gut als Gefangener
auf dem Gran Sasso. Dolmetschte gar bei Besprechungen,
so weit kam's, musste aber nachlesen, was genau

besprochen wurde, in den Protokollen. *You're
the top. You're Mussolini*, sang Cole Porter in
seiner Glanzzeit, aber nun ist das nur noch einer,

alt und krank. Der Duce des Führers ist nicht mehr,
den Rest stellen die Deutschen auf in Salò;
auf der Via Nomentana lagen die Partei

abzeichen wie ein goldglänzender Teppich, und
die gelben Fluten des Tiber schwemmten Hunderte
von weggeworfenen Uniformen dem Meer zu –

die hinzurichtenden Verschwörer, der Ducellino ...
Als Faschistenführer ein Wrack, hält durch ...
wurde er denn ... „geliebt", „als Mensch"? All

die Filme, die da laufen, zehnmal heftiger als sonst.
Ho preferito così – Claretta Petacci in: *Die*
Rolle ihres Lebens, lässt sich nicht mehr abziehen

von ihrer Haut, ist ganz und gar letzte Geliebte;
und als sie ihm nachreiste, gab sie sich hin,
der Legende, wunschlos, was nähere Umstände

anging, zu allem bereit, so wie ein guter Faschist,
ein guter Partisan. Der Showdown bei Dongo.
Bekommt „so jemand" den Tod, den er „verdient"?

Manche verdienen Geld, manche verdienen sich
ihren Tod, zahlen sich ein im Unmaß;
barbarisch, so ein Hundert-Mann-Tod, für ihn

und Claretta Petacci. Zuerst in die gewöhnlichste
Gewöhnlichkeit abfahrende Achterbahn, bevor
sie hochschnellt in ein Gleißen, das nicht

vorgesehen ist. Läppische, beiläufige Festnahme
im Konvoi, apathisch geworden, hat sich gerade
noch eine deutsche Uniform übergestreift, geht

einfach mit, sitzt da, vor irgendwem. Irgendwo
in der Pampa lässt er aus sich *Der unsichtbare Mann*
machen: Kopf in eine feste Hülle von Verbandsstoff

gewickelt, Mund und Augen als *drei schwarze
Schlitze inmitten eines Knäuels weißer Watte*.
In der Zöllnerkaserne; in der abgelegenen Berghütte.

Er, mit diesem monströs verbundenen Kopf,
Claretta mit hohen Absätzen, im Regen da hinauf.
Man sagt: ihre einzige gemeinsame Nacht, bei

diesen Bauersleuten, Feld der Resistenza, nicht besonders
bewacht, die hielten sie für ganz nette Leutchen.
Nur die Wimperntusche fiel auf, und dass sie ins Kissen

geweint hatte, bevor man sie durch die Gegend fuhr,
bis man einen Platz fand, geeignet zum Abknallen.
Das war ihr erster Tod. Dann ging es weiter. Auf

geladene Leichen, auf den Lastwagen aus Dongo,
mit weiteren, nach Mailand; die *kahlgeschorenen
Faschistinnen, denen man mit roter Farbe Hammer

und Sichel auf die Stirn malte*, Piazzale Loreto.
Dort ausgelegt auf dem Boden, jetzt durfte jeder mal:
spucken, treten, draufsetzen und pissen. Rache, oder

dafür, ihn vergöttert zu haben, geträumt, er erschiene
plötzlich im kleinen Leben und höbe es hoch, mit
seinem Fick, seinem Händedruck, Zeilen von seiner Hand,

in die jetzt einer ein Zepter hineinlegt, verhöhnt wie
der Judenkönig, ist er jetzt, in der allerletzten Minute nach
der allerletzten, den schon etwas breiigen Kopf auf dem Schoß

von Claretta Petacci, ihre *lichtblaue Unterwäsche*;
auch Partisan, denn dieser Platz ist für 15
von Deutschen Erschossene, wird nun mit den Füßen,

ist Petrus, einer, der nicht mehr er ist, wird
mit den Füßen an den Querträger
dieser ausgebrannten Tankstelle gehängt,

daneben Claretta, ihr an den Knien vom
Partisanengürtel zusammengehaltener Rock,
und die Gerarchen. Was für eine

bibel

                schlimme

Gnade.

III DIE LANGSAME WELT

VÉZELAY DSCHIHAD

1

(die sanften Pfoten der Orgel)

    (in den Rücken leuchtende
Magdalenenreliquie)   (ihr

Säulen, die ihr dienende, wunder

   wirkende Kräfte seid)

....
....
....

Vézelay Abendland Einwohner 615.
616 mein amerikanischer Gast Julia,
betet vor
der Nacht bei den Russischorthodoxen,
die da wären: der Handwerker,
der Priester und seine Frau,
der Bischof und sein Erzbischof.
617 der Grabstein von George Bataille.
618 Richard Löwenherz, 619 Le Corbusier,
620 Claudel, 621 Pacificus.
622 der versteinerte Jesus Christus,
eingefügt ins Tympanon am Tag des Thaumaturgen:
Ein Ritter Christi, sage ich, tötet
– ihr Riesen, Pygmäen, groß
ohrige Völker, Pelikane, ihr
Fabeltiere, Drachen, ach Baselisk –
in Sicherheit, und

in noch größerer Sicherheit stirbt er.
Wenn er stirbt, nützt er
sich selber; wenn er tötet, nützt er
Christus. Heiliger
Bernhard 623, der hier das Kreuz gab,
Dschihad, flammte aus
seinem askeseverstümmelten Leib.
Erbrach sich davor und danach,
fuhr weiter, mit dem Zug nach Paris,
dorthin, wo die Vorstädte brannten.

....
....
....

2

(Aber
es ist so ein nunsanfter
Hügel, der uns hochwindet ...

... zum Magdalenen
heiligtum, *ihre* Sakramente ...)

*

((O möget ihr
echt werden, verpönte Reliquien! *))

....
....
....

An den Rändern   an den Straßen
            rändern der Spaß
gesellschaft der Große   Schachtelhalm
der Bischofsstab aus jungen   eingerollten Blättern
Fontenay Wurmfarn Zaserblume Mittagsblume Bloss
feldt Samen Marien   gesänge im Autoradio
 was für ein Leihwagen zu den Zodiaquemönchen hin
die langsame Welt die langsame Welt die langsame Welt
die langsame Welt die langsame Welt die langsame Welt
die langsame Welt die langsame Welt die langsame Welt
die langsame Welt die langsame Welt die langsame Welt
die langsame Welt die langsame Welt die langsame Welt
die langsame Welt die langsame Welt die langsame Welt
die langsame Welt die langsame Welt die langsame Welt
  stürzt ab stürzt nicht ab** stürzt ab stürzt nicht ab
Blitz durch zweierlei Knie   Blitz durch zweierlei Knie
  ende da ist der Blitzende da bewahrt die geblitzte
Nonne blitzender Kniender bewahrt und geblitzte Knie
 ende ich glaube ende ich glaube ende ich glaube
nicht an die Hölle ich glaube nicht ans Paradies ich glaube
an einen blitzenden Knienden und eine geblitzte Kniende
    das werden die letzten Menschen sein aber
         wie's weitergeht weiß ich nicht.

* a l l e Gegenstände sollen echt werden,
  RELIQUIEN IHRER SELBST – –

            ** hier irrt Abälard
               herum in der Größe

               des Datensatzes,
               Cluny IV (1989–)

IV SECOND BEST

SANFTES TAXI

    unscheinbar
wie das Empire State Building,
  steht man genau davor,

    und so hermetisch
 wie die Brooklyn Cyclones.

    Cool wie die
alte Frau, zieht den Koffer nach,
  sie hebt ihren Arm zeitlupenschlicht,

    und sanft wie das Taxi,
das zu ihrer Hand gleitet.

EINHORN 190TH ST.

neomittelalterliche Architektur (1938);
Rockefellergeschenke, wie
          The
Unicorn is Killed and Brought
  to the Lord and the Lady
    of the Castle. Wir leben

dann wieder auf

dem nächsten Wandteppich,
sind aber dekorativ umzäunt,
stehen auch noch für

den Auferstandenen, Eingefangenen ein,

wehrt sich nie,
so dass man ihm jungfräuliche
Mütter verpasst, Europäerinnen,

und Engel, deren Furor immer
hin die Flügel sengt.

Draußen im Kräutergarten
sind die Cloistersschmetterlinge
unter sich; verirrten sie sich

in den tieffahrenden Aufzug,
den Subwaytunnel, in die Schwärze,

an deren Ende

ein Homelesstyp sitzt, oben
im Freien in seinem *Second Best*
T-Shirt, und ein Arbeiter, der,

indem er den Schlauch flach hält,
einen Regenbogen erzeugt.

Wir sind also dieses Einhorn,

in das ein paar Blumen
hineingewebt worden sind.

Nur sind wir nicht so schön,
nicht immer weiß, nicht ohne dieses Horn.

BROOKLYN BRONX GEDICHT 1960

kahlschädliger Schwarzer
        sah den Rosenhybriden
     Frau Karl Druschki in Brooklyn
mit Hündchen,
       und das flamingofarbene
dessen pinklackierte Pfoten;
    Spacelander Bicycle von
           Benjamin J. Bowden,
die roten Kondome
1960 in Michigan produziert,
   nun im Museum
am Wegesrand,
bei der Kanzlei Lazarus, Lazarus & Winston,

  ; Fiberglas, an der
Gun Hill Rd., Bronx, auf
dem Weg zum Friedhof um
       Lenkstange Waschbären
fahrbarer Obelisken
           fell. Ein Gedicht!, ver
              kaufte sich 522mal – –

NOTIZEN ZUM *ICH*, CONEY ISLAND

ich hole meinen transparent
lindgrünen Supermarkt

kugelschreiber aus der neuen
Schweizertasche, die rotschick ist

gelbe Absperrblöcke
rote Absperrblöcke
blaue Absperrblöcke

Möwe auf möwen

farbener Laterne sein
ein Junge, schlägt
den Ball mit der flachen Hand

eine Frau spannt
ihren Schirm auf
wegen der Maisonne

eine Frau zieht sich aus

eine Frau kommt
mit unklarer sexueller Identität
aus der Damentoilette

nun vergräbt sie ihren Kopf
mein Gott ist ihr Ohr stark!

ihr grünen Tonnen seid doch für den Abfall?

durch ein niederes Geländer
vom feinen Sand getrennt sein

mit Meerprospekt überdacht dasitzen
einer wetterschönen Tropfenstelle zusehen

einziger Mann

im Klappstuhl, der neben sich
ein Sternenbanner pflanzt
darüber des Tages Mondreste

O Jasper Johns!

unter dem Restmond vorbeifliegendes Flugzeug

(ICH ist das etwas, das möchte
dass Jasper Johns dieses Gedicht liest)

zerrüttete Schulbusse

ihr Kadmiumgelb

das an Indischgelb grenzt:
                Irak
busse, mit all den Schulkindern drin!

überall hier typische Amis
die untereinander Russisch sprechen

oder Ultrajuden, bilden

Diamanten und unterhalten sich dabei

(ist doch gar nicht so gemeint!)
((will ja nur ihre Diamanten))

vorübergehend still

gelegter Vergnügungsturm, von dem
ein einsamer Handwerker herunterniest

gelbe Absperrblöcke
rote Absperrblöcke
blaue Absperrblöcke

ersticktes Stadion auf der Cyclones-Tischdecke

am Haus gegenüber hängt mir der Balkon zu hoch

hier entdecke ich
in meiner rotschicken Schweizertasche
ein Fach, das es vorher gar nicht gab

Buddha entdeckte
dass es ein Ich gar nicht gibt

war das nicht im Hirschpark?

Da war ich auch schon, nicht

JASPER JOHNS

auf dem Weg
zum Restaurator,
hat

einen vollkommen
ausgeblichenen Magritte unterm Arm.

Nun auf dem Weg
zurück, ärgert sich.

Diese blütenweiße Straße, Bäume,
Auto, fährt langsam
durch
ihn

(Für John Yau)

HOCHHÄUSER BESTIMMEN IM CENTRAL PARK

an den Bürger
   steig gekippter Eis
      würfelhaufen aus   *die Whitneywärter, um*
    gepolte Raubtiere unendlich
      machender Kunst

   dem die Tauben
Futter picken

sagt es „alles adamitisch, erhaben, postpagan"?

am Fuße der Silver
   Towers diesen schier tauben
      farbenen Eichhörnchen zuhören,

– here is the über-glam lifestyle
– here is the toll-free terrorism hotline
– wir gehen Hochhäuser bestimmen im Central Park

AN EINEN LÖWEN

mit langem
Naomi-Haar, Abrahambart,
die gesprungene Brille vom Löwen

des Dharma; *Lion for
Real* – für
die Präsenz William Blakes

stehender Löwe
und liegender:
  Neal Cassady liegt

      *im Bett mit LuAnne und Allen Ginsberg,
      Carolyn kommt herein – –*

Schlafender,
steinschlafender Löwe,
St.-Mark's-in-the-Bowery:

hier

   geht alles
                       weiter, hier
      bleibt alles

            stehn.

KOSMOS, FIRE PLACE RD.

„I had a vision. It was
a stampede"

      in Schaum
    stoffpantoffeln im Pollock
      atelier

East Hampton, The Springs,
Fire Place Road. Pampa hoch drei –

  In dieser Scheune

  löste
  New York Paris ab,
  Stunden von sich entfernt.

Hier ist der Rüpel

  in den Kosmos gefallen,
  ersoffen am See
  vor der Nase, lange bevor

  der feine Spirituosenladen
  schräg gegen
  über aufgemacht hat – –

DIA:BEACON

beim Verlassen
immateriell werden

                      des Museum, un

endlich
neue
Exponate   bei jedem Schritt-

    (eine blaue Neonröhre unterteilt dieses Gedicht hier)

aus-dem-Schritt
an den Schatten des Brückenseils,

BLAUES FELD

versetze ein blaues Feld mit Sternen

(sind in Padua, Arena
kapelle, Giotto
malt dieses Deckenfresko,

es verschwindet:
der linke Arm das eine

andre Bein Unter
leib der Rumpf hin

gegebener Kopf)
(diese immer wieder aus
Blauem auf

tauchende Hand, so ein Delfin*,

ihr Auf-und-zu,
als Ohren
qualle, *moon jelly moon jelly*)

auf die Fahne der Vereinigten Staaten:
It is not a painted rag, kein Bushshit,

es ist die zusammenfalt
bare Nylonflagge ($ 5.50)

aus der linken
Leiterseite der Mondlandefähre,
das wehende Immergleiche in all

seinen Erscheinungsformen;
tarnfarbengrüne und schwarze Streifen,
Johnsflagge, Leo Castelli Gallery.

84

O silklike homemade flag!

Admiral R. E. Peary trägt sie
unter seiner Pelzkleidung in der Arktis,

vertraut sie keinem

Schlitten an: könnte durchs Eis
brechen. Fast

seiden also, Taft, goldumsäumt,
von seiner Frau Josephine nur

für ihn gemacht, zerschneidet sie
unterwegs, fünf Stück zurück,
as markers at noteworthy places.

Das sechste: für den Nordpol
bestimmt
träumt der dort von einem Mann

der träumt, er wäre Jasper Johns
… wache auf …
zerschneide dein Laken

in drei Rechtecke und mach daraus *Flag*.

So haben es die Kinder gemacht,

nach dem *feigen* Anschlag,
der in Wirklichkeit *helden*
haft war, so sehr, dass jeder

seine Helden auskotzen muss,
sofort! ... Sternchen** auch sie.

* diese *handlose* Hand ...

> ** Dem besten Schüler Giottos
> eine Postkarte schreiben:
>
> Dear Pier Paolo Martyr,
>
> man kann vom Sternen
> banner Brooklyn Bridge
>
> abends *besser* die Freiheitsstatue
> sehn, ihren Black-Power-Gruß – –

„ACTIVATE THE SURFACE"
(Hans Hofmann)

längs gekippt:
rote Säulen, für die Feuer
wehrleute, gingen

gegenläufig zu
den Entkommenden nach oben;

auf den Kopf gestelltes
Blau-als-Kammer,
voll, Zackensterne, balken

weise Weiß zwischen ab

strahlendem Over

allrot
 – kippendes
Guantánamoorange – –

(Jasper Johns, *Flag* 1954/55)

DER NACKTE GINSBERG

ist auf das Feuerleiter-Z geklettert,
zeigt denen, die unter ihm wohnen:
Ich habe Gott gesehen! Immer

noch dort, auf der Höhe eines
niederen Seraphim, ungefähr
in der Sphäre der sechs Gesims

engel des Bayardbuildings;
ihre weit ausgebreiteten Arme,
als würden alle gemeinsam

herunterspringen. Altmodisch
ist die Stadt geworden,
spätestens seit die *Fedayin*-Piloten

ihre Filme echteten, toppten,
seit das 21. Jahrhundert sein Colosseum
reinschlug als Grube, Nichts.

Die Entkommenen sahen
aus wie ein Stamm.
Sonne, Mond und Sterne

sind nach wie vor Wolkenkratzer,
und auf denen, die den nackten Ginsberg
beherbergen, wachsen Bäume.

Selbst gewaltigere spenden farbiges Licht.
Solche Gebirge, nebelverhangen,
und aus den Gullys der Schluchten

steigt Dampf, in die Madison Ave.,
in die Fifth Avenue. Donald Trump
verkündet, die Twin Towers nach

bauen zu wollen, höher! Derweil
in einem Shabu Shabu Restaurant
sitzen, am Haus von Edgar Allen Poe

der berittenen Polizei zusehen.
John Lennon ist tot. Das verstehen
wir alle, unter und über den Wassertanks.

ZUNI NY

1

in Richtung Leer
gefegter oder Öder Platz

>Audubon Ballroom, fast schon
Viertausenderbroadway, farbige Terra
kottafassade, Fake mit Füchsen (hängen
für Besitzer Fox),   Todesargo über allem,
ihr weis
sagendes sog. Holz sprach *Gegenwart*
gehört den Märtyrern.
Malcolm Little, Detroit Red, X, El Hajj Malik Shabbaz
– blau
färbten sich die Augen des einstigen Predigers vom Tempel 7,
sie verfärbten sich stets.
Nahm Sonnenbäder   (von Berufs wegen),
Afrikaner nannten ihn Albino,   weiße Teufel interviewten,
schwarze Glaubensbrüder durchsiebten ihn,   hier.
Jeder Finger, jeder Zeh, jedes Auge, jedes Weh
geht manchmal in seine eigene Richtung,
so dass nichts zurückbleibt auf dem Platz   *Persönlichkeit.*
Seine Geschichten ------ Torpedos gegen die Geschichte,
aber viel bizarrer als sie.
Die brave Linienhand
schrift, Knastschule,   hat jahrelang alles mit
geschrieben, was der Sendbote verzapfte: Jakub
der Großköpfige, der die Weißen gezüchtet hat,   die Mutter-
und Babyflugzeuge der Unerbittlichen im
entscheidenden Angriff ------ Armageddon.
Sich tapfer er
finden müssen, mit Underdogposen; Kämpfer, mied die Tat. 39,
Schauspieler

charisma (wird auf Autobiographie
vom Schauspieler Denzel Washington ersetzt),
stets freundlich,
waren die Mikros abgestellt;
ansonsten: *Wir hoffen, dass jeden Tag*
ein Flugzeug vom Himmel fällt (Telegramm von Allah) – –

Runter nach Harlem gelaufen,
zu *Sylvia's*, Malcolm X Boulevard,
zum Hotel Teresa, er und Fidel Castro
sitzen auf schäbigem Bett, Chruschtschowtage,
ganz junge Typen, vor denen das weiße Amerika zitterte – –

– – Malcolm X Boulevard, Harlem, New York:
dort am Martin Luther King, Jr.-Spielplatz
einen stolzen Mann gern nach dem Weg gefragt,

2

in Richtung
Heim des heutigen Tags

in Richtung
Heim des Wassers

3

in Richtung Platz
des wunderschönen Rot

(AUS) HEILIGENSTOFF-

„Wollt ihr mich finden, sucht mich
unter den Sohlen eurer Stiefel..."

Walt Whitman

4QAAAAAAAAAAAAAAAAAAAAA+AAMA/v8JAAYAAAAAAA
AAAAAAAAEAAAAjAAAA
AAAAAAAQAAAlAAAAAQAAAP7///8AAAAAIgAAAP//////////
/////////
//
//
/////////////////// die Prozes+++++++sion mit Booten über
///////////////////////////////////
/// den Hudson River zur Wall Stre++++et, die
dur+++++ch den Canyon der Helden getr++
///++agenen Sklaven
 särge, das Yo+++++rubagebet,
////////////
//
/// Touristen im
vorb++++eifahrenden Bus in weis++
+sen Reg++++en-Kutten, P+ier 11; Trille+++rn Wa++++
 +rns+treikender. African Bur++++
////////////
//
//////////////////////////////////// ial Ground Zero schäbige
Wiese Down
town   Man++++hattan++da   wo's   z++++++erfleddert
///////////////////
//
/////////////+ylwQABYBAEAADwEr8AAAAAAAERAAEAAQA-
GAAB2BwAADgBq

YmpiDv0O/QAAAAAAAAAAAAAAAAAAAAAABAEFgCmE-
gAAZJ8AAGSfAAB2AQAA
AAAAAAAAAP//DwAAAAAAAAAAAAAAAAAA
//
//////////////////////////////////////
//
/////////////////
RosétönedesMarmorsRosétönedesMarmorsRosé

armorMarmorumrandungdesZeroblicksdieMarmo
rumrandungdesZeroblicksdieMarmorumrandungd
esZeroblicksvomWorldFinancialCenterausdieMar

//
/////////////////////AAAA1gEAAAAAAADaBQAAAAAAANoFAA
AAAAAA2gUAAAAAAADaBQAADAAAAOYF
AAAUAAAA1gEAAAAAAACvBgAA6gAAAYGAAAAAAAABgY
AAAAAAAAGBgAAAAAA
AAYGAAAAAAAABgYAAAAAAAAGBgAAAAAAAAYGAAAAAA
AABgYAAAAAAAAmBgAA
AgAAACgGAAAAAAAAAKAYAAAAAAAAoBgAAAAAAACgGAA
AAAAAAKAYAAA////////////////////
///
//////////////////////////////////////
///////////////die   in   die///////////////////////
////////////////////
//
/////Plastiku++++++++mzäu///////////////////////////////
//
////////////////////////n////////ung+++++++++++++hineingeopf///
///////////// erten Teddys, w++ie////////
//
///////////tot   häng++++++++en   die
da//////////////////////////
//drin///////
//////////////////////////////////////
/////////////AAAAAo

BgAALAAAAJkHAABSAgAA6wkAAEwAAABUBgAAFQAAAA
AAAAAAAAAAAAAAAAA
AACgAQAAAAAAAAYGAAAAAAAAAAAAAAAAAAAAAAA
AAAAAYGAAAAAAAABgYA
AAAAAAAGBgAAAAAAAAYGAAAAAAAAVAYAAAA
AAAAAAAAAAAAAAAAAAAAAAschew0leICAgschewolkIERpZ
XRlciBNLiBHcuRmDQ0NSURST1ND
QUxPLiBPU1RJQQ0NDWRpZSBTY2hsaXR6c2VpdGUgc2No
b24gd2VnDWdleWFj
aHRldDogAschewolkeTWFsbCwNDfxiZXIgZGVyIGRlciBIYW
1idXJnZXINc3RlaHQuIEhp
ZXINYmx1dGV0IGRhcyBLZXRjaHVwLg0NTm9jaCB1bmJlaG
VsbGlndGVzDVpp
durcheinenSchleierbrennendenKerosins
dAsAusdem80.StockdesSüdturmsherAAbrinnendeflüssigeMet
All
taXQNYtaXQNYmxhdWVyIE1hZG9ubdieAscheWQlkedAsFlü
gelAluminiumEsDQ1paHIgZPxy
cmVyIFN05G5kZXINa2Frdwiesflüssigwirdh Vschneite PApierf
etzzLCBkYXZvcjsgZGFubg0NZG9jaCBoZXJ1bnRl
cg1nZWxhc3NlbmUgSG9zZSBkZXIgschneitePApierfetznTGF
uZA1zY2hhZnQsIGJlaW0gYXVfmDQ1n
ZWz2c3RlbiBGdd8NDWJhbGxmZWxkLCBoaW50ZXIgZGVtI
A1hdWNooIGRlciBU
aWJlciAtLSANDQ0oRvxyIEJlbm/udCBHculhbikNAAAAAAAA
AAAAAAAAAAAA
AAAAAAAAAAAAAAAAAAAAAAAAAAAAAAAAAAA
AAAAASQAREHALOAAAAAAAAAAAAAAAASQAREHALOA
AAAAA
AAAAAAAAAAAAAAAAAASQAREHALOAAAAAAAAAASQA
REHALOAAAAASQAREHALOAAAAAAAAAAAAAAAASQA
REHALO
AAAAAAAAAAAAAASQAREHALOAAAAAAAAAAAAAAAA
AAAAAAAAAAAAASQAREHALOAAAAAAAAA
ASQAREHALOSQAREHAAAAAAAAAAAAAAAAAAAAAA
AAAASenbAzuruStPAulsChApeldie1000PApierkrAniche10000
100000 10000000 00000000000000000000

AAAhelfendeHAendeAAAAAAAAAAAAAAAAAAAAAAAAAAA
AAAAAAAhelfeAAndeHAendeAAAAdiesichneuzusAmmense
tzendeKApelleAusfetzenpAtchworkAAAAusmiliArdenPArtikel
nAusStAubAusKinderbriefenShintoofferingsAusgemAltnHAe
ndenmAlendenHAendenAAAAAusmolekülenAusAtomenAush
eiligenJedermAnnschriftenAusheiligenstoffAAAAAtierenSQAR
EHALOAusAufgelöstemzusAmmengesetAAAj2Bw
AAAAAAAAAAAAAAAAAAAAAAAAAAAAAAAAAAAAAAAA
AAAAAAAAAA
AAAAAAAAAAAAAAAAAAAAAAAAAAAAAAAAAAAAAAAA
AAAAAAAAAAAAAAAAAAA
AAAAAAAABgAAFQYAACgGAACiBgAAuQYAAHUHAAB2Bw
AA8eTV5NXKAAAAAAAA
AAAAAAAAA
AAAAABQVaANydQAWaCI20QBPSgAAUUoAAAAdFWgDcn
UAFmgiNtEAQioBT0oA
yQYAAMoGAADdBgAA8QYAAPIGAAAABwAAGAcAA
AAAAAAAAAAD3AAAAAAAAAAAAAAA9wAAAAAAAAAA
AAAAPcAAAA

DER FEIND ALS DISKRETES PIXEL-OBJEKT

ER GLAUBT

NUR IN DEM OPFERTOD

REIFT UNS DAS GLUECK   KOERNER.

ER IST JETZT EIN SADDAMDOUBLE.

ER IST JETZT EINE ENDLOSE SERIE.

TEPPICHMESSER. TOMAHAWK. TEPPICH

FLIEGENDER TOMAHAWKTEPPICH   TAPETE

IM KOERNIGSTEN VIDEOSTILL

APPENDIX

Damit Ich aufbricht montiert einen Bericht aus *Ameisen. Die Entdeckung einer faszinierenden Welt* von Bert Hölldobler und Edward O. Wilson über Arbeiterinnen einer Camponatus-Art aus Malaysias Regenwald, die sich als „lebende Bomben" verhalten können („Das größte Opfer für das Gemeinwohl besteht darin, während der Verteidigung der Kolonie Selbstmord zu begehen und dadurch Feinde zu vernichten. Viele Ameisenarten sind bereit, diese Kamikazerolle auf die eine oder andere Weise zu übernehmen"), mit einer Passage aus Friedrich Hölderlins Gedicht *Der Tod fürs Vaterland.*

Taifun. „Tod" (szu) und „vier" (szu) sind im Chinesischen synonym, einschließlich des Tones, in dem die Silbe gesprochen wird.

N. überquert die Alpen, Taipeh. 2001 wurde in der dortigen Sun-Yat-sen-Gedächtnishalle eine Napoleon-Bonaparte-Ausstellung präsentiert; *Napoleon überquert die Alpen*: Gemälde von Jacques-Louis David, 1801.

Der Pockennarbige tötet W. Johann Joachim Winckelmann wurde 1768 in der Locanda Grande in Triest, wo er incognito als Signor Giovanni abgestiegen war, von einem arbeitslosen Koch ermordet, mit dem er Umgang pflegte. – Das Winckelmann-Zitat ist aus seiner Vorrede zur *Geschichte der Kunst des Alterthums*, das vorangestellte Pasolini-Zitat ist frei nach dem in *Ketzererfahrungen* enthaltenen Aufsatz *Lebendige Zeichen und tote Dichter.*

Auch ich vor Gramscis Asche folgt Pier Paolo Pasolinis *Gramscis Asche*: „Hier stehe ich selber, arm, / im billigen Anzug, wie ihn die Armen // im schäbigen Glanz der Schaufenster / bewundern, gesäubert vom Schmutz / der Gassen, der Straßenbahnbänke, // der meine Tage verstört: und immer karger, / im Kampfe ums Brot, ist bemessen die Freiheit". – In *Große Vögel, kleine Vögel* begleitet der Rabe – „Ich bin ein Fremder ... Meine Heimat heißt

Ideologie" – Totò und Ninetto des Wegs, aber wird dann lästig und von ihnen aufgegessen. Zum Vermächtnis des Raben gehört seine Analyse der Krise des Marxismus, auf dem er beharrt: „Er rettet die Vergangenheit des Menschen, ohne die es keine Zukunft gibt. Der Kapitalismus behauptet, er wolle die Vergangenheit retten, in Wirklichkeit zerstört er sie (...). Aber da im Inneren des Kapitalismus eine Revolution stattgefunden hat, ist er inzwischen so stark, dass er sich erlauben kann, auf die Vergangenheit zu pfeifen. (...) Die Reaktionäre präsentieren sich heute als junge Partei der Zukunft, die uns eine glückliche Welt der Maschinen vorgaukeln, voller Freizeit, in der man die Vergangenheit vergessen kann." – Emilio Pucci spielte, bevor er sich als Modeschöpfer durchsetzte, eine schillernde Nebenrolle bei dem Versuch, Graf Cianos Leben zu retten, der wegen seiner Beteiligung am Sturz Mussolinis, seines Schwiegervaters, vor Gericht stand: laut Ray Moseleys *Zwischen Hitler und Mussolini. Das Doppelleben des Grafen Ciano* begleitete Pucci Edda Ciano-Mussolini bei ihrem Fluchtversuch mit den Ciano-Tagebüchern in die Schweiz, schneiderte ihr ein Umstandskleid, in dem die Aufzeichnungen verborgen werden konnten, und half der Freundin beim Abfassen der Briefe an Hitler und ihren Vater, in denen sie ihren Mann freipressen wollte. In den Händen der SS wurde er, so Moseley, drei Tage verhört und gefoltert. – Robert Mungo Forrest liegt neben Antonio Gramsci, Cimitero Acattolico, Rom.

Idroscalo. Ostia. Hier wurde 1975 Pasolini, in der Nacht von Allerheiligen auf Allerseelen, vom Strichjungen Pelosi getötet. „Die Szenerie seines Todes", schreibt Otto Schweitzer in *Pier Paolo Pasolini*, „war ‚pasolinianisch' (...): sie war eine der vielen so eigenartigen Szenen aus *Ragazzi di vita* und *Accattone*. Pelosi war einer der Jungen, die von *Accattone* bis zur letzten Einstellung von *Salò* seine Filme bevölkern. Er entsprach genauestens seinem ‚barbarischen' Schönheitsideal. Die unwirkliche Landschaft der Baracken und Schuttfelder bei Ostia erkannten alle seine Freunde wieder: aus seinen Romanen, aus seinen Gedichten, aus seinen Filmen."

Idroscalo II beginnt mit einer Pasolini-Zitatmontage.

Reifen, Frosch, Chiaturm. Frosch: Spitzname Pelosis. In Chia, einem Ort bei Viterbo, kaufte sich Pasolini in seinem letzten Lebensabschnitt einen Turm als Zufluchtsstätte.

Die Brustwarzen der Heiligen. Im Unterkapitel *Der geteilte Leib* seines Buches *Heilige und Reliquien. Die Geschichte ihres Kultes vom frühen Christentum bis zur Gegenwart* führt Arnold Angenendt aus: „Elisabeths Leichnam stand vier Tage über Erden, währenddessen er keinerlei Verwesung zeigte, ja wunderbar duftete. ‚Als dieser heilige Leib (…) auf der Bahre lag, kamen viele der Anwesenden, wohlwissend um die Heiligkeit des Leibes und entflammt von Verehrung, und schnitten, ja rissen Teile ihrer Tücher ab, einige schnitten die Nägel der Hände und Füße ab; andere schnitten die Spitzen ihrer Brüste und einen Finger von ihrer Hand ab, um sie als Reliquie aufzubewahren.' Der toten Maria von Oignies († 1213), Mystikerin und Mitbegründerin des Beginentums, wollte ein ihr befreundeter Prior die Zähne wegnehmen, was zunächst misslang; erst nach einem Gebet zur Heiligen ‚öffnete der entseelte Körper, als ob er bei den Worten des Bittenden lächle, den Mund und er spuckte freiwillig in die Hand des Priors sieben Zähne'. Aufgeschrieben hat diese Geschichte Thomas von Cantimpré († 1270/72), der, ein hochgebildeter Theologe wie sein Zeitgenosse Thomas von Aquin, der heiligen Liutgard von Tongern († 1246) zu deren Lebzeiten einen Finger abgebettelt hatte; denselben trennte man nach dem Tod der Heiligen ab und brach dazu noch 16 Zähne heraus; für den Erhalt des Fingers schrieb Thomas die Vita." – Märtyrer, erfährt man in *Das Buch der Heiligen. Kunst, Symbole und Geschichte* von Fernando und Gioia Lanzi, zeigen nicht nur ihre Marterwerkzeuge vor: Johannes wurde mit einem scharf geschliffenen Schwert enthauptet und ist deshalb der Patron der Messer- und Scherenschleifer. Wegen des Gastmahls des Herodes, dem er auf so außergewöhnliche Weise beiwohnte, ist er Patron der Hoteliers und Gastwirte. Er ist Patron der Schneider, weil er in der Wüste eigenhändig seine Kleidung aus Kamelhaar anfertigte, und er schützt die Vogelzüchter, weil er

‚im Käfig' saß. Hat man Kopfschmerzen, ruft man aufgrund seiner Enthauptung Johannes an; die heilige Lucia, der die Kehle durchgeschnitten worden ist, wird angerufen bei Halsbeschwerden.

Das Klingen der Schüsse am Comer See. In *Die Beschwörung des Magischen,* dem 13. Kap. von *Das Buch vom meditativen Leben,* schreibt Chögyam Trungpa: „Es gibt die Möglichkeit, mit einer Energie in Verbindung zu treten, die über allen Dualismen und Konflikten steht, die weder für noch gegen dich ist. Das ist die Energie von Drala. Drala ist kein Gott oder Geist. Es besteht im Grunde in der Verbindung der Weisheit deines Seins mit der Kraft und Weisheit des Wirklichen. Wenn diese Verbindung hergestellt ist, kannst du das Magische in allen Dingen entdecken."

Feltrinelli schenkt zur Hochzeit einen Aschenbecher; Feltrinellis Aschenbecher II. Giangiacomo Feltrinelli, einer der reichsten Männer Italiens, starb 1972 auf einem Feld in Segrate bei Mailand beim Versuch, einen Hochspannungsmast zu sprengen, und wurde zwei Wochen später auf dem Cimitero Monumentale beigesetzt: „der Leichnam gebettet in einen Sarg aus rohem sehr hellen Tannenholz einer Tanne aus seinen Wäldern in den Kärntner Bergen (...) die Lieder der Revolution die Parolen der Verdammung und der Wut die Selbstverpflichtungen und die Racheschwüre haben den Verleger bis an die Schwelle zur prunkvollen Familienkapelle begleitet (...) die Stimmen wurden wütend die Hände zu Fäusten geballt wuchsen zu einem Wald und sie begannen die roten Fahnen zu schwenken Genosse du bist ermordet worden du wirst gerächt werden (...) und andere Drohungen gegen die Mörderbourgeoisie (...) die absurd klangen (...) zwischen den monumentalen Gräbern die aus diesem Friedhof Mailands das vielleicht bedeutendste Museum lombardischer Bildhauerei machen" (Nanni Balestrini). – Valerio Morucci war militärischer Leiter von *Potere operaio,* stieß dann zu den Roten Brigaden und war an der Entführung Aldo Moros beteiligt. Zu *Nulla lucente* vgl. Giuseppe Zigainas *Pasolini und der Tod.* – Das Motto ist aus Thomas Klings Gedichtband *Fernhandel.*

Nanni Balestrini: Asche- III arbeitet mit Sequenzen aus Balestrinis *Der Verleger*.

Römisch. „Am 18. Dezember 1937", berichtet Ray Moseley a.a.O., „brachte Edda ihr drittes Kind zur Welt, einen Sohn. Sie nannten ihn Marzio, nach dem römischen Kriegsgott Mars. ‚Wir wollten der Wahl des Namens eine politische und prophetische Note geben: Krieg', sagte Ciano. Marzio wurde aber zumeist mit seinem Kosenamen Mowgli gerufen, nach dem Helden von Kiplings *Dschungelbüchern.*"

Contro Contro. *Contro Venezia passatista*: Manifest von Filippo Tommaso Marinetti, 1910.

Frühling: Ruine im Sommer. Das Motto ist aus Rolf Dieter Brinkmanns Gedicht *Roma di[e] Notte*. In: *Westwärts 1&2*.

Übergangsöl. Der Lacus Curtius auf dem Forum Romanum verdankt laut der Überlieferung durch Livius einem Jüngling seinen Namen. Durch Naturgewalt war auf dem Marktplatz ein unermesslich tiefer Schlund entstanden, der sich nicht mehr auffüllen ließ, „bis man auf göttliche Weisung die Frage aufwarf, worin eigentlich die Hauptstärke des römischen Volkes bestehe; denn dies musste nach dem Ausspruch der Seher diesem Abgrund geweiht werden, wenn man dem römischen Staat seine Dauer sichern wollte. Da hieß es nun, ein Jüngling habe diejenigen, die ihre Unwissenheit darüber äußerten, verweisend gefragt, ob es für die Römer ein höheres Gut als kriegerische Tapferkeit gäbe. Nach gebotener Stille habe er unter Erhebung seiner Blicke zu den am Markte ragenden Tempeln der unsterblichen Götter und zum Kapitol (…) sich selbst zum Opfer geweiht, und auf seinem Pferde, das er so herrlich wie möglich geschmückt hatte, in voller Rüstung sich in den Schlund gestürzt; eine Menge Männer und Weiber hätten Geschenke und Früchte über ihm zusammengeworfen und der Curtische See habe seinen Namen (…) von diesem Curtius bekommen." (*Ab urbe condita*, Buch VII, 6).

Inventur. Via delle Botteghe Oscure, Rom, hier war der Sitz der PCI. – Rolf Dieter Brinkmann, Villa Massimo: „Sah auch eine kleine Eidechse vor 14 Tagen zum ersten Mal in der Sonne liegen nachmittags auf dem Kies in Nähe eines Unterschlupfs und die züngelnde Zunge. / Maleen, das ist alles noch da!" – Digitus impudicus, s. Caravaggios *Knabe, der von einer Eidechse gebissen wird* (Rom, ca. 1595), Stefan Effenberg (Dallas, 1994) usf.

Fiume. Zitate: Garibaldo Marussi, F. T. Marinetti, Bettina Vogel-Walter, Gabriele d'Annunzio. *Periferia con camion*: Gemälde von Mario Sironi, 1920.

Claretta. Ducellino: Graf Ciano, Schwiegersohn und Außenminister Mussolinis, wurde 1944 von einem faschistischen Gericht aufgrund seiner Rolle bei der Absetzung des Duce zum Tode verurteilt und zusammen mit weiteren Abweichlern des Faschistischen Großrates hingerichtet. *The Invisible Man:* Roman von H. G. Wells.

Vézelay Dschihad. Das Zitat ist nicht aus Bernhards Rede in Vézelay vom 31. März 1146, die, in Anwesenheit zweier Könige, nicht unwesentlich zur Mobilisierung und Ermöglichung des zweiten Kreuzzuges beitrug, sondern aus seiner Schrift *Liber ad milites templi de laude novae militiae*: „Rückt also sicher vor, ihr Ritter, und vertreibt unerschrockenen Sinnes die Feinde des Kreuzes Christi in der Gewissheit, dass weder Tod noch Leben euch von der Liebe Gottes trennen können (...). Wie ehrenvoll kehren die Sieger aus der Schlacht zurück! Wie selig sterben sie als Märtyrer im Kampf! Freue dich, starker Kämpfer, wenn du im Herrn lebst und siegst! Aber noch mehr frohlocke und rühme dich, wenn du stirbst und dich mit dem Herrn vereinst!" – Am 6. Oktober 1989 um 2:30 Uhr gelang es in Bensheim, „das ehemalige glühende Herz des Abendlandes wieder auferstehen (zu) lassen", als virtuelles Rechnerbauwerk Cluny IV (s. Horst Cramer / Manfred Koob, *Cluny. Architektur als Vision*).

Hochhäuser bestimmen im Central Park. Ja, „über-glam lifestyle" – war es doch Les Murrays *Fredy Neptune* (im dritten Buch), der behauptet: „Weird, how German Yank talk is", und: „They live half in translation."

An einen Löwen. „Lion of Dharma" war der Shambhala-Name, den Allen Ginsberg von seinem buddhistischen Lehrer Chögyam Trungpa erhielt. *The Lion for Real:* Titel eines Ginsberg-Gedichts.

Dia:Beacon, Museum für neue Kunst, Beacon, NY.

Blaues Feld. Das Rag-Zitat (1861) wird Henry Ward Beecher zugeschrieben.

Zuni NY. Frank Hamilton Cushing schreibt in *Zuni Fetishes,* Kap. *Prey Gods of the Six Regions,* über Pó-shai-aŋ-k'ia: „When he was about to go forth into the world, he divided the universe into six regions, namely, the North (Pïˊsh-lan-kwïn táh-na = Direction of the Swept or Barren place); the West (K'iäˊ-li-shi-ïn-kwïn táh-na = Direction of the Home of the Waters); the South (Á-la-ho-ïn-táh-na = Direction of the Place of the Beautiful Red); the East (Té-lu-á-ïn-kwïn táh-na = Direction of the Home of Day)", usf. – Malcolm X wurde 1965 während einer Rede im Audubon Ballroom von Attentätern aus dem Black-Muslim-Umfeld ermordet. In seinen letzten Lebensjahren hatte er sich von Elijah Muhammads *Nation of Islam* und dessen Lehre von den schwarzen Urmenschen, die Mekka gegründet hätten, und den „weißen Teufeln", die vom abtrünnigen Mr. Jakub gezüchtet worden wären, gelöst und wandte sich dem traditionellen Islam zu, stets mit dem Tod rechnend: „Mir war klar, dass niemand so schnell einen Mord begehen konnte wie ein Muslim, der davon überzeugt war, er erfülle damit den Willen Allahs."

(Aus) Heiligenstoff:. Zum Sklavenfriedhof in Lower Manhattan siehe insbesondere www.africanburialground.gov. – „In Christian art", heißt es im Square-Halo-Buch *Light at Ground Zero.* St.

Paul's Chapel after 9/11, „the square halo identified a living person presumed to be a saint."

Der Feind als diskretes Pixel-Objekt trifft auf ein Zitat von Theodor Körner (1791–1813), aus dem *Bundeslied vor der Schlacht. Am Morgen des Gefechts bei Danneberg*: „Vor uns liegt ein glücklich Hoffen, / Liegt der Zukunft goldne Zeit, / Steht ein ganzer Himmel offen, / Blüht der Freiheit Seligkeit. / Deutsche Kunst und deutsche Lieder, / Frauenhuld und Liebesglück, / Alles Große kommt uns wieder, / Alles Schöne kehrt zurück. / Aber noch gilt es ein gräßliches Wagen, / Leben und Blut in die Schanze zu schlagen; / Nur in dem Opfertod reift uns das Glück." In *Gebet während der Schlacht*, dem hierauf folgenden Gedicht der 1814 posthum erschienenen Sammlung *Leyer und Schwert,* heißt es: „Vater du, führe mich! / Führ' mich zum Siege, führ' mich zum Tode: / Herr, ich erkenne deine Gebote; // (…) // Vater, ich preise dich! / 'S ist ja kein Kampf für die Güter der Erde; / Das Heiligste schützen wir mit dem Schwerte: / Drum, fallend, und siegend, preis' ich dich, / Gott, dir ergeb' ich mich! // Gott, dir ergeb' ich mich! / Wenn mich die Donner des Todes begrüßen, / Wenn meine Adern geöffnet fließen: / Dir, mein Gott, dir ergeb' ich mich! / Vater, ich rufe dich!"

*INHALT**

der mit dem Stifterblut (New York, April 2005) 5
Damit Ich aufbricht (Köln, März 2002) 6

I TAIFUNHIMMEL

Taifun (Köln, September 2001) 9
Drache der Spiegel (Köln, September 2001) 10
N. überquert die Alpen, Taipeh (Köln, Oktober 2001) 11
Taipeh CNN (Berlin, Mai 2006) 13
Hubschrauber vor (Köln, Januar 2002) 14

II MARTIRI OSCURI

1
Calle Corner, Venedig. Lost (Rom, November 2004) 21

2
Der Pockennarbige tötet W.
   (Ludwigshafen-Maudach, August 2004) 29
Auch ich vor Gramscis Asche (Rom, August 2004) 30
Idroscalo. Ostia (Rom, September 2004) 31
Idroscalo II (Köln, Februar 2005) 32
Reifen, Frosch, Chiaturm (New York, Juni 2005) 33
Maria (Köln, April 2003) 34
Die Brustwarzen der Heiligen (Berlin, August 2006) 35
Das Klingen der Schüsse am Comer See
   (Rom, Oktober 2004) 36
Feltrinelli schenkt zur Hochzeit einen Aschenbecher
   (Köln, März 2005) 37
Feltrinellis Aschenbecher II (Köln, März 2005) 39
Nanni Balestrini: Asche- III (New York, Juni 2005) 40
Römisch (Berlin, Januar 2006) 42

Contro *Contro* (Berlin, Juli 2006) 43
ICH (Vézelay, September 2005) 44
Per! La! Pittura! Passiva! (New York, Mai 2005) 45
Frühling: Ruine im Sommer (Rom, Oktober 2004) 46
Übergangsöl (Köln, Februar 2005) 47
Inventur (Berlin, Juli 2006) 50

3
Fiume (Berlin, August 2006) 53
Claretta (Berlin, August 2006) 58

III DIE LANGSAME WELT

Vézelay Dschihad (Berlin, November 2005) 65

IV SECOND BEST

Sanftes Taxi (Berlin, November 2005) 71
Einhorn 190th St. (New York, Juni 2005) 72
Brooklyn Bronx Gedicht 1960 (Berlin, Dezember 2005) 74
Notizen zum *ICH*, Coney Island (Berlin, Dezember 2005) 75
Jasper Johns (Berlin, Juli 2006) 79
Hochhäuser bestimmen im Central Park (Berlin, Januar 2006) 80
An einen Löwen (Berlin, Februar 2006) 81
Kosmos, Fire Place Rd. (Berlin, Februar 2006) 82
Dia:Beacon (Berlin, Februar 2006) 83
Blaues Feld (Berlin, Januar 2006) 84
„Activate the Surface" (Berlin, Januar 2006) 87
Der nackte Ginsberg (Berlin, Dezember 2005) 88
Zuni NY (Köln, August 2005) 90
(Aus) Heiligenstoff- (Berlin, Februar 2006) 92
Der Feind als diskretes Pixel-Objekt (Berlin, Juni 2006) 96

APPENDIX 98

* Aus dem Inhaltsverzeichnis
für eine schwache Kunst:

– ‚Eine von schnellen Neutronen
und Gammastrahlen verbrannte Hand,
Los Alamos Hospital, September 1945'

– ‚Urankristalle, Uranblöcke,
Plutoniumknöpfe, Plutoniumsphäre,
Los Alamos 1945'

(…)

– ‚Blut auf der Windschutzscheibe
des BBC-Reporters John Simpson,
als durch friendly fire – –

(optional darstellbar auch
als Predella
eines flimmernden Tafelbildes,
klärt sich: Farbflecke

aus dem atopischen Kloster
San Marco
das

Et frigida saxa liquido spargemus)

Geschrieben August 2004–August 2006, mit Ausnahme von *Damit Ich aufbricht / Taifun / Drache der Spiegel* / N. überquert die Alpen, *Taipeh / Hubschrauber vor / Maria (2001–03)*, und im März 2008 überarbeitet. Der Autor dankt allen, die die Aufenthalte in Taipeh, Rom, Venedig, Cadenabbia, Vézelay und New York ermöglicht haben, sowie Renate von Mangoldt, Benoît Gréan, Joël Vincent und Bettina Hartz.

Einige der Gedichte wurden vorab veröffentlicht in: *Signale aus der Bleecker Street 2. Neue Texte aus New York* (Wallstein, Göttingen 2003) / *Chicago Review 49:3/4 & 50:1* (Chicago 2004; engl.: Shields) / *Frau und Hund 5* (Markus Lüpertz, Düsseldorf 2004) / *Die Hölderlin Ameisen. Vom Finden und Erfinden der Poesie* (DuMont, Köln 2005) / Dieter M. Gräf, Volker Staub: *Taifun* (Accademia Tedesca Roma Villa Massimo, Rom 2005) / *Das Andenken, die Bilder der Erde. Berliner Anthologie* (Vorwerk 8, Berlin 2006) / *Kritische Ausgabe Winter 2006/07* (Bonn) / *www.lyrikline.org* (dt./kroat./ engl./frz./it./türk./russ./serb.: Picco, Hašibović u. Maković/ Shields/David u. Gréan, Vincent/Lumachi, De Francesco/ Ermiş/Prokopiev/N. N.) / *www.poetenladen.de* / *Nicht schreiben ist auch keine Lösung. Jahrbuch für Literatur 13* (Brandes & Apsel, Frankfurt am Main 2007) / Dieter M. Gräf: *Pjesme/Gedichte* (Hrvatski P.E.N. centar/Hrvatsko društvo pisaca. Specijalno izdanje u povodu Festivala Književnost uživo, Zagreb 2007; dt./kroat.: Picco, Hašibović, Maković, Perić) / *Der deutsche Lyrikkalender 2008. Jeder Tag ein Gedicht. 366 klassische und zeitgenössische Gedichte* (Alhambra Publishing, Bertem, Belgien 2007) / *Diérèse 38* (Ozoir-la-Ferrière, Frankreich 2008; dt./frz.: Vincent) / *Chaussee 20* (Kaiserslautern 2007) / Dieter M. Gräf: *Tussi Research* (Green Integer, København & Los Angeles 2007; dt./engl.: Shields) / *[SIC] 3* (Aachen u. Zürich 2007) / *Poezija 3–4* (Zagreb 2007; kroat.: Perić) / *poet 4* (Poetenladen, Leipzig 2008) / *Shearsman 75 & 76* (Exeter, England 2008; engl.: Shields) / *Diérèse 40* (Ozoir-la-Ferrière, Frankreich 2008; dt./frz.: Vincent) / *Uluslararası İstanbul Şiir Festivali 13–17 Mayıs* (KÜLTÜR A. S., İstanbul 2008; dt./türk.: Ermiş) / *Özgür Edebiyat 9* (İstanbul 2008; türk.: Ermiş) / *Inostrannaya Literatura 7* (Moskau 2008; russ.: Prokopiev)

/ *Signale aus der Bleecker Street 3. Junge Literatur aus New York* (Wallstein, Göttingen 2008) // in Vorbereitung: *Action Poétique* (Ivry-sur-Seine 2009; frz.: Vincent).

© Frankfurter Verlagsanstalt GmbH,
Frankfurt am Main 2008
Alle Rechte vorbehalten
Lektorat: Christian Döring
Herstellung und Schutzumschlaggestaltung: Laura J Gerlach
unter Verwendung eines Videostills von © Korpys/Löffler
Für ein Leben nach dem Tod, 2006
Satz: Fotosatz Reinhard Amann, Aichstetten
Druck und Bindung: GGP Media GmbH, Pößneck
Printed in Germany
ISBN: 978-3-627-00155-1